AF234319

AUX TOMBEAUX IMPÉRIAUX

GUIDE

DE

BUI-THANH-VAN

NATURALISÉ FRANÇAIS

Fondateur de l'école de Musique Française à Hué
Fondateur de l'école de Musique Cantonnaise à Hué
Fondateur du théâtre d'amateurs Annamite à Hué

DÉCORÉ

de la Médaille d'Honneur de 2e classe en or
de la Médaille de la Mutualité en bronze
de la Médaille en argent de l'Alliance Française
du Kim-Khanh de 2e classe
du Kim-Tiên de 2e classe
du Grade de Chevalier du Dragon d'Annam
du Grade de Chevalier de l'ordre Royal du Cambodge
de la Médaille de Sisowath 1er
de la Médaille de Mouniséraphong
de la Médaille des Millions d'Eléphants

HUÉ
IMPRIMERIE DAC-LAP
BUI-HUY-TIN & Cie
1922

AUX TOMBEAUX IMPÉRIAUX

PAR

BUI-THANH-VAN

NATURALISÉ FRANÇAIS

Fondateur de l'école de Musique Française à Hué
Fondateur de l'école de Musique Cantonnaise à Hué
Fondateur du théâtre d'amateurs Annamite à Hué

DÉCORÉ

de la Médaille d'Honneur de 2ᵉ classe en or
de la Médaille de la Mutualité en bronze
de la Médaille en argent de l'Alliance Française
du Kim-Khanh de 2ᵉ classe
du Kim-Tiên de 2ᵉ classe
du Grade de Chevalier du Dragon d'Annam
du Grade de Chevalier de l'ordre Royal du Cambodge
de la Médaille de Sisowath 1ᵉʳ
de la Médaille de Mouniséraphong
de la Médaille des Millions d'Eléphants

HUÉ
IMPRIMERIE DAC-LAP
BUI-HUY-TIN & Cⁱᵉ

1922

AUX TOMBEAUX IMPÉRIAUX

Morne ! Lugubre ! ce chemin ; sans doute, si l'accomplissement d'un devoir auquel chacun s'oblige une fois pour toutes revêtait un caractère cultuel.

Cependant la sérénité du ciel se dégage et la gaieté se dessine sur le visage des gens du cortège. C'est le tourisme fort empreint de révérences, vrai but du voyage.

En amont de la rivière Hương-Giang dont les exhalaisons aromatiques furent ainsi imaginées par celui qui ordonna les premières assises de la citadelle de Huế, les sépulcres des anciens Empereurs annamites se confondent dans la nature au milieu des sites mamelonnés, boisés et séduisants à quinze kilomètres de la cité vivante.

Par la plume d'érudits écrivains aux accents éloquents, la description des monuments dont se sont illustrés des quotidiens, revues et autres publications de haute envergure a pu échapper à l'attention de la plupart des Annamites. Ceux-ci s'y intéresseraient avec grand intérêt et, en plus, auraient le plaisir de connaître certaines scènes dont l'appréciation n'y serait pas entrée en ligne de compte, telle eût été la pensée de ces éminents auteurs, et qu'il me paraît utile de réunir ici.

Avec la faiblesse de l'horizon du travail auquel je me livre, j'essaierais de combler cette prétendue lacune en demandant le concours d'une feuille locale habituellement très hospitalière aux insertions humoristiques et inoffensives, la Tribune-Indigène, par exemple.

Ainsi qu'il est à remarquer au sortir de chaque capitale d'un pays, comme le cimetière du Père Lachaise à Paris, mais autrement mieux présenté que les vastes étendues de terre d'où émergent des tumulus d'agrile ou de sable appelés Plaine des tombeaux asiatiques à Saigon-Cholon, Hué possède un immense champ pour ses morts. Il n'y a rien de commun avec les catacombes Parisiennes dans lesquelles s'alignent trois millions de crânes. Mais c'est à travers cet espace qu'on se rend en excursion dans les Palais où continuent à gouverner invisiblement ceux qui ont refait l'Indochine depuis Gia-Long.

La fatigue du visiteur se dissipait en cours de route par le cri et la vue des perdreaux, coqs, paons, civettes, canards, lièvres, cerfs ; elle pouvait aussi être aigue par la crainte des grosses bêtes : sanglier, tigre, panthère, bœuf et éléphant. Mais ces alternatives d'humour et de trouble ne se font presque plus sentir en raison de l'éloignement du gibier à la suite des exploits non des Tartarins mais des Nemrod.

Les mêmes impressions se reproduisaient sur les magnifiques rives de la rivière parfumée qui fournissent un voyage non moins intéressant mais deux fois plus long, voie très suivie avant l'heureuse intervention de nos bienveillants Tuteurs et distingués Ingénieurs des routes automobilables de nos jours. Nous reviendrons à temps sur le transport fluvial.

Presqu'au bout de l'immense cimetière, coupé en

ligne droite par une superbe route plantée, dans le cadre des riantes collines de l'Ecran du Roi à gauche, puissance naturelle contre les fluides funestes susceptibles d'atteindre la Cité impériale leur faisant face à trois kilomètres au Nord, et des Filtres d'eau potable, preuve d'un souci de l'Etat français préservant la ville du choléra et de la dysenterie depuis, se montre le majestueux quadrilatère muré de deux cents mètres de côté environ, ayant dans son axe principale les trois tertres étagés en ciment sur lesquels s'agenouille, tous les trois ans, au lieu d'un an autrefois, vers trois heures du matin, le Souverain officiant sons la couleur exclusive Bleu-ciel de l'esplanade et de tout ce qui est affecté à la cérémonie du Nam-Giao "Communication avec le Sud". C'est l'immolation d'animaux en l'honneur de la Voûte-céleste.

Les élancés pins qui entourent les paliers des sacrifiques rappellent à quelque chose près les anciens lieux de réunion de semblable solennité chez les Druides. Les abandonnant à sa gauche, on s'enfonce sur une agréable route accidentée et verdoyante. Sur la hauteur des deux côtés de cette route ombragée sont perchées des pagodes, des habitations, des tombes très artistiques de morts et de vivants comme celles de Son Excellence Hường-Khảng, Ministre en retraite et de son épouse. La dernière expression paraîtrait bizarre à quelques uns. Oui, chez les Annamites, les personnes, qui en ont le moyen, préparent leurs lits éternels avec des formes très originales. Le stoïsme asiatique inculque à certains sujets fortunés et arrivés à un âge mûr la vertu de la résignation pour s'ouvrir eux-mêmes le chemin de l'éternité en se retirant dans un couvent ou dans une petite maison de retraite près de l'endroit où s'enseveliront un jour très proche leurs cendres. D'autres se contentent de se réserver un bon cercueil remisé dans leur domicile. Je n'ai pu m'empêcher de vanter la gaiété, l'ordre, la propreté d'une maisonnette en chaumes affectée à ce but par son propriétaire assez riche à Ba-Đồn, près du champ de courses. C'est un élégant septuagénaire, imberbe, un Ông-Hiệu, M. Lê-Trường-Khanh, au physique de mastodonte, dont le fils unique mort en France comme sergent interprète pour la cause de la Grande Guerre, laissa, avec un petit pécule une Veuve et plusieurs orphelins dans la ville de Huế. Il s'est installé là depuis une dizaine d'années au seuil des sépulcres de sa mère, une Princesse, et de sa femme et à deux pas de son caveau personnel qui l'attend en silence.

Après quelques coudes ou 6ème kilomètre, on aperçoit la grande muraille circulaire de trois cents mètres du tombeau de Tự-Đức à gauche, en laissant à sa droite et près de la rivière les usines d'eau reconnues par les inscriptions suivantes en caractères chinois sur deux grandes colonnes carrées en maçonnerie:

L'homme vit grâce à l'eau.

La pluie tombe sans l'apparition préalable des nuages.

Sur le tour extérieur du tombeau, des gros arbres Mù-u remplacent les pins et les filaos de tout à l'heure.

Par la porte d'Ouest on entre dans l'enceinte. La première visite est réservée aux sépultures proprement dites. Toutes les allées qui y aboutissent sont pavées de grosses briques ou d'épais carreaux en terre cuite. Sur une grande cour dallée se rangent en granit des fonctionnaires et Officiers ainsi que des éléphants en cérémonie de gala pareillement à ce qui se pratique devant le Monarque vivant, une stèle de dimension colossale provenant de la carrière des rochers de Núi Nhồi, banlieue de la ville de Thanh-Hóa, chante, sous un édicule couvert entuiles, les éloges du défunt gravés en caractères serrés. Un peu en arrière dans un enclos muré, repose, non pas avec le vacarme des voitures, automobiles, tramways, chemins de fer emmenant des pélerins vers la nécropole dans laquelle dort glorieusement sous la séduisante voûte de l'Hotel des Invalides à Paris, le Grand Français vainqueur de toute l'Europe, Napoléon 1er, mais aux chants aigus d'une multitude de menus oiseaux et dans le calme absolu des monts verdoyants habités et cultivés, une Majesté qui a régné de 1848 à 1883. Ce lieu sacré a une unique entrée défendue par une porte à deux battants en cuivre cadenassés et scellés par trois cachets, symbole de l'autorité du Ministère des Rites et des Conseils de la Famille Royale et de la Centure.

Il ne s'ouvre qu'aux jours de fête en présence des chefs de ces trois services ou de leurs Délégués. La tombe en ciment annamite à la forme d'une guérite haute de un mètre vingt centimètres et longue de deux mètres environ se trouve au milieu d'un espace dallé de quinze à vingt mètres de côté, Les visiteurs de mar-

que peuvent y être admis avec l'autorisation des deux
Gouvernements Français et Annamites laquelle n'est
pas nécessaire si l'on désire connaître seulement l'extérieur de ce périmètre réservé et le groupe des bâtiments
dans la grande enceinte. Les Annamites y viennent
obligatoirements déchaussés et les femmes doivent
porter le pantalon. blanc signe de la chasteté. C'est le
Sud qui indique l'orientation du mausolée. A droite on
rend le culte à Tự-Đức daus un grand temple ar-
tistiquement construit reluisant d'or et de rouge. La
chapelle sculpée recouvert de laque rouge et or vif est
meublée d'anciens objets ayant servi à l'Empereur.
Ces reliques sont des costumes, casques. épées,
services à thé, services de toilette etc dont les inven-
taires sont déposés au Trésor de l'Etat, au Ministère
des Rites et au Secrétaritat du Temple même. Le culte
quotidien s'assure matin et soir par les Veuves et les
cameristes. Ce service consiste à allumer des chan-
delles, soulever les rideaux de la chapelle, au lever
de sa Majesté, préparer sa toilette en mettant de l'eau
fraîche dans une cuvette en argent, or ou jade, en posant
une serviette en soie jaune ou rouge sur un support
sculpté doré, verser le thé dans des tasses en jade,
poser sur des plateaux en or des chiques de bétel,
des cigarettes, chasser les moustiques, baisser les
rideaux au coucher. Trente minutes suffisent pour
terminer ce rite; les denrées retirées rentrent dans la
consommation des officiantes. L'Administration en
fait les frais comme, naturellement, les dépenses des
grandes cérémonies.

Les dames sont logées dans des appartemeuts spéciaux attenants au temple. Les Veuves ne peuvent communiquer avec les hommes même avec le Roi régnant que par l'intermédiaire des hermaprodites ou à d'éfaut, des eunuques qui, les uns et les autres, jouissent des privilèges afférents au fonctionnarisme.

Les trois premières Reines s'obligent, suivant la loi, à subir leur veuvage perpétuel auprès de la sépulture de leur Mari. Les femmes de rang inférieur ont la faculté d'opter. En reprenant la vie primitive, elles cessent la jouissance de toutes les faveurs reçues. Légalement tout espoir de convoler un nouveau mariage avec un sujet de l'empereur pourvu d'un grade universitaire ou d'un grade relevant d'un cadre qnelconque, activité ou honorariat leur est fatalement déchu. Seul un indigène du pays libre de tout titre officiel ou un ressortissant d'une nation étrangère peut devenir leur prétendant. La raison est de pure morale et de profondes révérences à l'égard de l'ancien mari, Chef de l'Etat et considéré comme Fils du Ciel et Père et Mère du Peuple.

En 1912, à l'occasion de la fameuse réfection du parquet du temple réservé au culte des mânes de l'Empereur, la truelle fit un écho si retentissant que les Assemblées parlementaires à Paris furent singulièrement troublées On en connait la suite, l'importance des faits ayant été amplifiée à loisir, semble-t-il. C'est d'ailleurs le sort qui attend ceux qui n'entendent pas ménager la chèvre et le chou.

A gauche, dos contre la muraille, côté Est, deux modestes tombes contigues l'une de l'autre renferment les dépouilles mortelles de la première Reine de Tự-Đức et celles de l'Empereur éphémère Kiến-Phúc (1884).

Un coquet bâtiment lacustre recevait fréquemment la visite de Tự-Đức. L'Empereur y venait prendre le frais et pêcher le poisson. De nos jours les soldats chargés de la garde ne se hasardent pas à descendre dans le lac sans se laisser happer par les gros poissons pesant jusqu'à vingt ou trente kilos et faisant tous les jours de nombreuses victimes parmi les plongeons. Un îlot très boisé sert, pendant le deuxième semestre, de demeure aux crabiers qui ne vont chercher leur nourriture que la nuit au loin. Les oiseaux émigrent dans les régions inconnues des indifférents, mais ce n'est pas un mystère pour les naturalistes, de Mars à Septembre, saison chaude.

Des caféiers, manguiers, letchis, pamplemoussiers, tamariniers, jaquiers, frangipaniers, orangers goyaviers sont les principaux arbres dans l'enceinte.

On sort par où on est venu. On franchit la route et à cent mètres plus loin, on arrive au tombeau de Sa Majesté Đồng-Khánh – 1885 – 1888 – Il vient d'être restauré. Un mur en maçonnerie entoure le sépulcre proprement dit avec une porte en cuivre dont les conditions de fermeture et d'ouverture sont déjà relatées à Tự-Đức. Une cour dallée ornée de mandarins et d'éléphants en ciment sépare la tombe de la grande épitaphe en pierre abritée par une haute guérite. Devant, c'est le temple des mânes de l'Empereur. Ces bâtiments en nombre restreint comparativement à ceux de Tự-Đức, sont d'une esthétique et des richesses de décors de rang secondaire.

Le tombeau du père de Đồng-Khánh se trouve dans le voisinage immédiat. N'ayant pas régné, il n'a droit qu'aux privilèges dûs aux Princes de sa dignité. Quoi qu'il en soit, tout ce qui est, malgrésa simplicité dans son ensemble, affecté à sa demeure, révèle un certain degré d'architecture. L'absence d'une clôture générale n'exclut pas la beauté de la nature des monticules à pins qui couvrent religieusement les cendres du Grand Père et du Père de Sa Majesté Khải-Định.

A trente mètres de la droite du tombeau de Đồng-Khánh, c'est celui du Prince Cảnh, fils de Gia-Long.

Par le petit col de trois cents mètres, on se rend au tombeau de Sa Majesté Thiệu-Trị (1841 à 1847), situé au septième kilomètre Entre ce col qui se termine par un pont en bois et la route qui limite le tombeau de Thiệu-Trị au nord, un bosquet de jeunes pins enveloppe les sépultures de proches de la dynastie. Il manquerait une assez forte étendue et un minuscule tramway pour que ce bosquet prenne des aspects du coin du bois de Boulogne partant du jardin d'acclimation à la porte Maillot à Paris.

Après la route, on rentre dans le périmètre du tombeau visible de loin grâce au manque d'une enceinte vive ou morte. Une mare à la forme d'un demi-cercle d'où s'exhale la suave de nénuphars roses et blancs dont l'étamine embaume le thé et les graines rafraichissent en pot-au-feu des têtes, tripes et pieds de mouton, poulets, canards, pigeonneaux, pieds de porc, nerfs de biche, ou en bain-marie sucré des nids d'hirondelle, prunneaux, kakis, letchis

haricots verts, de la courge confite pendant les for-
tes chaleurs en Indochine, l'organisme des personnes
soucieuses de leur santé, commence la série des
constructions dans l'ordre suivant ;

Un immense écran,

Quatre colonnes en bronze,

Une grande aire dallée sur laquelle sont
placées des statues de mandarins ou d'animaux en
pierre. On monte aux deux bâtments hauts qui se
séparent par de jolis jardinets à fleurs. On descend
pour s'engager sur un magnifique pont à l'entrée et
à la sortie indiquées par deux arcs avec des colonnes
sculptées en bronze et aux garde-fous en métal artis-
tiquement travaillés, Abandonnant le pont, ouse trouve immédiatement devant la sépulture de Thieu-Tri
orientée vers le Nord. Un mur à unique porte en
bronze entoure une colline verdoyante mesurant plus
d'une centaine de mètres de distance recèle pieuse-
ment le corps de l'Enpereur. Des pièces d'eau proté-
gées par des murs en pierre sèche contourne tout
l'emplacement.

La maison de culte du Défunt se trouve sur une
hauteur à gaude. L'élégante tombe de son épouse regarde le flanc ouest de ce bâtiment.

A quelques exceptions près constituées par des
gigantesques palmiers, les plantations sont les mêmes
qu'à Tu-Duc. En arrière, la brousse giboyeuse fait les
délices des amateurs du carnage de la gent à poils
et à plumes.

On quitte Thieu-Tri en remontant la route,
Au tournant marqué par le septième kilomètre cinq
cents, l'attention du voyageur ne peut manquer de
porter à gauche sur un cimetière de jeunes Princes.
Une visite ne s'impose pas pour ces petits dômes en
ciment dans une enceinte assez haute en maçonnerie.
Mais à l'idée de vandalisme, on ne devrait pas négli-
ger de conter en une seconde des évènements très
fâcheux déjà enregistrés et sévèrement reprimés.
Poussée par la misère créée par la fainántise, certains Membres de famille profanent les tombeaux de
leurs parents. Ils en retirent des bijoux en argent, or
et diamant La faim fait sortir le loup du bois.

Passant à côté d'une garderie du Service fores-
tier de Bên-Thang (Débarcadère des charbons), à
droite, franchissant un pont en ciment armé, on trouve
à gauche au 8è kilomètre, entre la route bordant la
rivière parfumée du nord et la petite chaine de monts
au sud, quelques élévations planes en briques, carreaux
de terre cuite et en pierre sur un espace de cent mètres de côté. C'est la sobre demeure éternelle de celui
qui a donné le jour à l'ilustre Restaurateur de l'Em-
pire. S'il faut en croire l'histoire, Gia-Long, une fois
la paix rétablie, parvint à faire repêcher seulement le
crâne de son Père dont les ossements avaient été
déterrés et jetés dans divers endroits du cours d'eau
par ses adversaires. C'est dans la plate-bände centrale
que fut déposée la tête du Grand aieul de la couron-
ne. A droite, côté Est, c'est la pagode pour le culte
du défunt et le logement des gardes. En plus des
letchis et autres arbres fruitiers, une demi-douzaine

de mangoustaniers âgés d'une quarantaine d'années attestent l'heureuse idée de leur importateur en faisant venir des graines de Cochinchine laquelle en avait importé du détroit de Malacca.

Généralement, le périmètre réservé aux tombeaux de la famille de la dynastie des Nguyên et c'était, il faut le reconnaitre, un droit absolu sur la possession de leur immense domaine territorial, présente une superficie considiérable, plusieurs kilomètres! Défense à qui que ce soit d'y provoquer des troubles, dans l'athmosphère, sur le sol et dans le sous-sol. Les cultivateurs privilégiés sont autorisés à tracer des sillons dont la profondeur ne pourrait nuire aux canalisations naturelles souterraines supposées se ramifiant de la fosse du cercueil ou s'y infiltrant et de l'avis des géomanciens, considèrées comme des sources de bonheur pour la postérité. C'est, en un mot, selon la superstition, des Veines du Dragon.

En raison de l'évolution d'un peuple, le respect strict d'une croyance entrave réellement, que les pessimistes ne rougissent pas d'avouer que toute modification n'est pas une utopie, le développement économique et moral, L'exploitation des gisements de zinc qui enrichissent le plateau contre lequel s'endosse le Cô-Thành ou tombeau du père de Gia-Long a été constamment refusée à ceux qui en ont fait la demande. L'interdiction atteint même l'extraction de pierres, terre, sable, Aussi devient-elle difficile la vie de tant d'autochtones miséreux qui sont obligés de s'éloigner extraordinairement travaillant au compte

des entrepreneurs des travaux lesquels, à cause de
la distance du transport, font payer des prix élevés
au Gouvernement prohibeur qui leur passe des marchés, Une perte importante va de soi pour les communes locales.

Nous traversons maintenant des parages dangereux au point de vue faune, comme le train de Saigon-Nhatrang ou de Tourane-Hué fait lever des oiseaux, chevreuils, cerfs, tigres etc... Nous longeons la rivière à la rive escarpée et vertigineuse. Les paysages entrêmement beaux comportent des habitations et des plantations.

Arrêt au kilomètre dix cinq cents. Les passeurs de l'Etat vous transportent aux confluents des affluent Nguôn Tả et Nguôn Hữu ou sources de gauche et de droite dans une embarcation aménagée à la moderne pour la traversée de la rivière Parfumée à l'eau limpide avec une largeur de cent cinquante mètres, sur le débarcadère de la rive gauche. Vous mettez pied à terre ; vous remontez une large route très ombragée. Vous arrivez à l'une des deux portes pratiqués seulement sur le mur de la façade principale d'une grande enceinte en briques de deux cents mètres de côté au moins. Q'est ce que c'est, vous demanderiez vous? Minh-Mang sans doute. Oui. C'est le successeur de Gia-Long de 1820 à 1840. La grande porte en bois s'ouvre. Vous passez dans la cour dallée et vous prenez un petit pont en bois dont la traversée évoque un passé particulièrement sensationnel et vieux de 13 à 14 ans. L'ancienne boiserie s'est déclanchée et tous ceux qui se trouvaient sur le tablier, le Gouverneur Général, le Résident Supérieur et une partie de leur suite allèrent se tremper les jambes dans un bain de mare, La continuation, de leur excursion fut rénoncée Les fonctionnaires du Gouvernement annamite responsables du mauvais état de la passerelle reçurent les sanctions en conséquence ; mais, plus tard, ils purent obtenir une amnistie.

Jusqu'ici, l'excursionniste n'a pas encore eu le plaisir de se réjouir d'une disposition de bâtiments aussi bien réfléchie, ordonnée et exécutée qu'est l'art de la symétrie qui va s'offrir à ses yeux.

C'est toujours la cour dallée avec des hommes, éléphants, chevaux, lions en pierre qui précède les bâtiments. Vient en second lieu, la maison consacrée au culte. Des galeries de droite et de gauche encadrent les cours de devant et de derrière de ce bâtiment. En troisième lieu, un château fait suite ; en quatrième lieu, un arc à triple porte soutenu par des colonnes sculptées en bronze. En cinquième lieu, un pont en pierre aux garde-fous tressés en fer ou bronze ; en sixième lieu, la tombe soigneusement construite de la même façon que Thiêu-Tri. A droite et à gauche du château, apparaissent des petits bois élevés de deux kiosques de plaisance. Une pièce d'eau à la forme d'un fer à cheval, très poissonneuse mais dépourvue des monstres signalés à Tu-Duc, remplie de beaux lotus, fait presque le tour des luxueux monuments. Dans l'angle sud ouest, on voit le logement des gardes. Toujours mêmes arbres et fleurs. La forêt qui entoure l'enceinte sert de gite aux tigres, cerfs, sangliers, paons, coqs et faisans. En 1916 trois tigres sont entrés manger un bœuf dans l'intérieur de l'enceinte. Pressés par les chasseurs, ils ont, en plein jour, pu sauter par dessus-mur, grâce à une proéminence de terrain à proximité. C'est maintenant que la surprise très agréable du touriste se manifeste le plus. Une comparaison générale ne saurait s'établir à juste titre qu'après l'inspection de tous les sépulcres.

On regagne le bac et la rive droite. On continue la route sur le bord de la rivière et au kilomètre quatorze on traverse la rivière large de deux cents mètres comme à Minh-Mang où le bac n'est pas fait pour les voitures attelées ou à moteur.

En marchant sur la plage sablonneuse, le voyageur a devant lui un site enchanteur dont il a vu un instant un pareil à Minh-Mang. Il s'engage dans une allée en terre glaise d'une propretée irréprochable qu'il termine en dix ou douze minutes à pied. Il a à sa droite le sérail, à sa gauche un temple; il circule devant et entre une mare de lotus; il néglige les monuments secondaires; il se trouve, s'il veut se presser, en présence d'une aire avec les mêmes hommes et animaux d'honneur; il gravit un monticule; de là, il regarde du côté d'une petite muraille carrée; après s'être essoufflé, dans une attitude de profonde et respectueuse émotion, les yeux un peu humides, obsédé par une mélancolie silencieuse, il découvre au milieu d'un espace cimenté une nécropole découverte sous laquelle gît le Grand et Premier Annamite allié à la France humanitaire et généreuse. Inséparable dans les viscissitudes de sa vie de Celle qui fut sa vaillante Compagné, il veut aussi Lui partager les bonheurs de l'au-de-là en La gardant près de Lui dans une double sépulture également à nu. Nguyên-Auh, nom de l'homme harcelé par les Tây-Son, reconquit l'Indochine, sous le pompeux titre de Gia-Long que nous vénérons si dignement et si affectueusement. C'est Lui, qui, le principal artisan de notre magnifique prospérité grandissante, a reçu une médiocre récompense eu égard au modeste groupe de monuments tournés vers l'Ouest, sans mur général dans la forêt où abonde la faune. Il serait bien pénible de ne pas donner, dans ces circonstances, raison aux dictons :

"Le tailleur est mal habillé"

"Le cordonnier est mal chaussé"

"Un a semé; un autre récolte"

Incontestablement, le faste, la profusion, l'opulence, l'esthétique produisent de merveilleux effets à Minh-Mang,

Tu-Duc,

Thiêu-Tri,

Dông-Khanh,

Sans récrimination d'aucune sorte, l'ordre de luxe dans les parements ainsi établi est une conséquence de la loi du progrès. Nos Pères se couvraient de feuilles végétales et s'abritaient dans des cavernes. Les somptuosités dont se pare notre vie se sont créées de l'évolution mondiale. Rien de plus juste que les successeurs de sa Majesté Gia-Long aient profité des bonnes moissons provenant des champs préparés par Lui. Devant de tant de souvenirs ineffaçables qui passionnent tous les cœurs dans cette profondeur de la solitude des forêts intenses, les visiteurs se retirent, s'inclinant très bas, la série-des visites prenant fin. Ils s'en retournent à la rivière par une route parallèle semblable à la première. Ils arrivent au bout paré par une troisième qui mène transversalement à celle-ci après avoir passé devant le logement des gardes. Débarqués sur la rive droite, ils remontent en voiture. Ils rentrent à Hué par la route circulaire ouverte depuis cinq ans environ à travers des régions excessivement pittoresques et accidentées, mais peu peuplées et cultivées. Sa longueur est de neuf kilomètres et demie. On débouche ensuite à la route coloniale de Hué-Tourane. Après avoir trotté sept kilomètres constamment eu plaine entre des nombreuses agglomérations de maisons, on est rendu en ville. Deux kilomètres et demie avant d'entrer dans la ville, à droite de la route coloniale, la fraîche tombe d'une reine vivante propre mère du règne actuel se montre en gris vers le ciel bleu. Sa Majesté Khai-Dinh a également songé à la sienne qui se prépare dans une contrée montagneuse voisine de Thiêu-Tri à droite, et de la pagode de Thiên-Thai, lieu de la capture de Sa Majesté Duy-Tân en 1916, à gauche. Sans oser préjuger, on se permettait toujours d'espérer que la situation florissante du budget laisse entrevoir un record des plus modernes.

Dục-Đức Empereur éphémère, avec ses trois jours sur le trône en 1885, mort réduit à la faim au bout du neuvième jour de cellule, a aussi son tombeau de peu d'ampleur à An-Cựu au sortir de Hué entre la voie ferrée et la promenade par l'écran du Roi.

La chaume, la paillotte ainsi que le bambou ont été exclus de la construction des bâtiments des tombeaux royaux. Ceux ci ont des dimensions gigantesques mais intermédiaires entre les Palais et les demeures des citoyens. La maçonnerie, la boiserie et la ferraille y ont seules servi. Les rites, les cultes les mêmes partout. Mais l'accès d'un tombeau est plus ou moins libre suivant que le harem est ou n'est plus occupé par les Veuves. Presqu'au commencement du récit, je n'ai qu'esquissé les charmes du voyage par eau. Je les détaille aussi fidèlement que posib'e.

Comme dans toutes les colonies européennes à l'étranger que j'ai eu l'occasion de visiter, les quartiers des colonisateurs s'érigent séparément des agglomerations aborigènes, la rivière Parfumée sert de ligne de partage entre la ville annamite et la ville Française. Avant 1885 et même quelques années après la conquête les favorites promenades nocturnes sur les ondes étaient d'un grand goût annamite ; mais elles furent abolies par la sévérité de la police des mœurs. Le sampan à coque en planches et non en bambou très commun dans les provinces du Sud, remonte le cours de l'eau. Le joli pont Clémenceau en fer, long de trois cents mètres, relie la Résidence Supérieure de France de la rive droite à la rangée de boutiques asiatiques à la rive gauche. Sa première construction a coûté en 1900 six cents mille piastres (600.000p.00) Quatre de ses six arches ont été détruites par le typhon de 1904 et sa reconstruction en 1908 a été payée pour une somme sensiblement égale. En le passant on aperçoit, sur la rive gauche, le rivage sur lequel un kiosque carré où venaient prendre des bains les anciens Monarques avec une partie de leur sérail. Pour le Chef d'Etat actuel, cette station balnéaire s'est transformée en un emplacement pour les réjouissances publiques. En face sur la rive droite, des coquets bâtiment attestent des réalisations des promesses du Protectorat Français : c'est l'hopital et deux collèges pour les garçons et filles annamites. Plus haut, le chemin de fer de Tourane-Đồng-hà (180 km) traverse un grand pont de forne différente de celui que nous avons décrit tout à l'heure. C'est encore une marque de développement de la vie économique dans le pays.

A trois milles, le navigateur se trouve entre la pagode de la Mère-Céleste (Thiên-mụ) avec sa remarquable tour à neuf étages, propriété du Gouvernement annamite, et les usines de chaux et de céramique d'une Société Française. Les rives escarpées commencent.

Après un grand coude et à cinq milles, l'usine des eaux a été construite en 1910 sur la rive droite et au débarcadère du tombeau de Tự-đức. C'est ici que le flux perd toute sa force et que le service des Travaux Publics a décidé l'installation de la prise d'eau pour alimenter la ville et les banlieues. C'est également le commencement des contrées giboyeuses avec des habitations clairsemées des deux rives. Les loutres avalent leur proie à la surface de l'eau ou se réchauffent sur les plages. L'iguane dont la chair fait les délices des grands gourmets saute de l'arbre dans l'eau à l'approche de votre sampan. Son nom annamite : con Kỳ-đà.

A six milles, la fameuse pagode de Hòn-chén (rocher de le Tassé) ou de la Sorcière suivant les Français, est perchée sur la flanc d'un rocher baigné par l'eau claire de la rivière Elle fait face au débarcadère de Thiệu-Trị sur la rive droite.

A six milles et demi et sur la rive droite, le tombeau de Cơ-Thánh ou du Père de Gia-Long.

A sept milles et sur la rive gauche, la pagode de Hải-cát où, au mois d'Août, une imposante fête annuelle attire des milliers de pélerins et curieux. Des centaines de sampans venant de toutes les sources s'assemblent devant la maison de culte. Des médiums des deux sexes et de toutes conditions sautillent et tournent la tête, les cheveux longs et pendants, chatent et porlent au public, soit sur les embarcations, soit à terre. Une magnifique procession défile avec les dais de la Déesse du Rocher de la Tasse invitée à présider à cette cérémonie. Même cérémonial au retour de la Déesse.

Sa majesté Khải-định et sa famille viennent sur les lieux l'après midi.

A huit milles, c'est Minh-Mạng et, à dix milles, c'est Gia-Long. La durée de la navigation est de dix heures.

De Hué à la Mère-céleste, la série d'une population très dense sur les deux côtés de la rivière offre un coup d'œil très intéressant. Mais plus haut un autre cachet des beautés de la nature, monts, cours d'eau adjacents, verdure provoque l'admiration du touriste enthousiasmé.

Faudrait-il, par souscription publique, une statue de Gia-Long avec celles de son allié et de son fils ?

Hué, Juillet 1922

BÙI - THANH - VÂN

DU MÊME AUTEUR

Relations de voyage en France . .	0 $ 40
Relations de voyage aux Temples d'Angkors	0 40
De Hué à Yunnamfou	0 40
Aux Tombeaux Impériaux	0 25
Au pays des cultes	0 15
Les Montagnes de marbre de Tourane	0 15
La Caisse d'Epargne Annamite . . .	0 20
La Couveuse Humaine	0 20
Le Cheval Annamite	0 20